अनजान अजनबी

आर्ची आडवाणी सैनी

Copyright © Aarchi Advani Saini
All Rights Reserved.

ISBN 979-888569232-8

This book has been published with all efforts taken to make the material error-free after the consent of the author. However, the author and the publisher do not assume and hereby disclaim any liability to any party for any loss, damage, or disruption caused by errors or omissions, whether such errors or omissions result from negligence, accident, or any other cause.

While every effort has been made to avoid any mistake or omission, this publication is being sold on the condition and understanding that neither the author nor the publishers or printers would be liable in any manner to any person by reason of any mistake or omission in this publication or for any action taken or omitted to be taken or advice rendered or accepted on the basis of this work. For any defect in printing or binding the publishers will be liable only to replace the defective copy by another copy of this work then available.

क्रम-सूची

लेखिका आर्ची आडवाणी सैनी   v

1. अध्याय 1   1
2. अध्याय 2   3
3. अध्याय 3   5
4. अध्याय 4   7
5. अध्याय 5   9
6. अध्याय 6   11
7. अध्याय 7   13
8. अध्याय 8   15
9. अध्याय 9   17
10. अध्याय 10   19
11. अध्याय 11   24
12. अध्याय 12   26
13. अध्याय 13   28
14. अध्याय 14   30
15. अध्याय 15   32
16. अध्याय 16   34
17. अध्याय 17   36
18. अध्याय 18   38
19. अध्याय 19   40
20. अध्याय 20   42
21. अध्याय 21   44

क्रम-सूची

"उम्मीद में" 45

लेखिका आर्ची आडवाणी सैनी

आर्ची आडवाणी सैनी

[ ] "द लोड्स ऑफ पोएट्री" पुस्तक के लेखक

[ ] सोशल मीडिया "आर्ची आडवाणी"

[ ] मेष, भाग्य में विश्वास करते हैं।

लेखिका आर्ची आडवाणी सैनी

आर्ची का जन्म 25 मार्च 2002 को संजीव आडवाणी सैनी और उनकी पत्नी ममता सैनी की बेटी के रूप में हुआ था। वह गृहनगर कन्धला की सबसे कम उम्र की लेखिका बन गईं। "कविता का भार" के

लेखिका आर्ची आडवाणी सैनी

लिए प्रसिद्ध लेखिका ने अपने लेखन यात्रा में कई प्रतिष्ठित पुरस्कारों की प्राप्तकर्ता, दुनिया भर में पुस्तक बेची है। आर्ची आडवाणी कई अन्य प्लेटफार्मों पर अपने लेखन के लिए जानी जाती हैं। आर्ची आडवाणी, एक चैनल भी होस्ट करती है जहाँ वह कहानी कहने के अपने जुनून का उपयोग करती है। अपने आप से कहानियाँ बनाना। और अपनी आभासी दुनिया में रहना पसंद लेखिका करती है||

    आर्ची आडवाणी सैनी

1

ये कहानी दो अजनबियों की है जो आखिर में भी बस अजनबी बन कर ही रह जाते है। उनकी किस्मत एक नही होती, पर उनके दिल एक दुसरे के लिये धड़कने शुरु हो जाते हैं। तो ये कहानी कुछ यूं शुरु होती है, कि एक मशहूर राजनतिक नेता कह लो या देहसत की दुनिया का बेतहाज बादशाह सूर्य, जो सारी सरकार की भी सरकार है, और सारी दुनिया में अच्छो के लिये भगवान, तो वही बुरो के लिये शैतान। बहुत छोटी उम्र मैं सूर्य ने अपने दम पे अपना साम्राज्य खडा कर लिया। सूर्य जब पाँच साल का था तब ही उसके माँ बाप उसे छोड के चले गये थे, और बहुत ही छोटी उम्र में उसने अकेला रहना सिख लिया था।

जिस उम्र में बच्चो के हाथो में खिलोने होते है, उस वक़्त उसके हाथो में बन्दूक जैसे खिलोने दे दिये गये थे। उसका ना कोई बचपन था, ना कोई अपना जिससे वो प्यार की उम्मीद कर सके। उसके पास उसका अपना कहलाने वाला कोई नहीं था। और वक़्त के साथ अब उसके हथियार ही उसके अपने और सपने बन चुके थे। समय गुजरता गया, और सुर्य के नाम का खौफ अब सारी दुनिया में फैल गया। किसने सोचा था, कि वो लड़का जिसके पास उसके बचपन में खुद के खाने के लिये पैसे नही थे, बडा होने के बाद वो सब भूखो को खाना देगा, बिना घर वालो को छत और बिना काम वालो को काम। सूर्य का रोज आना का यही काम था। सभी जरुरत मंदो की मदद करना, और गलत को सही करना, पर उसे ये बिल्कुल पसंद नही था की कोई उसकी तारिफ करे। तो वो अच्छे काम

कभी किसी को दिखा कर नही करता था, हालाकि इस बात का फायदा दुसरे नेता काफी अच्छे से उठाते और अपने आप को एक अच्छा नेता साबित कर देते। पर सुर्य को इस बात से कभी कोई फर्क नही पड़ा।

2

और अब ये किस्मत को भी मंजूर ना था कि सूर्य अब अकेला रहे, एक रोज जब वो अपनी किसी काम से बहार जा रहा था, तो उसकी गाडी अचानक से रुक गयी, उसने कहा, गाडी अचानक से रोक क्यू दी, असल में सूर्य का खौफ हर गली, हर शहर, हर देश और सारी दुनिया मे था, और जब भी वो कही जाता तो वहां की सारी सड़कें खाली कर वा दी जाती, ताकि सुर्य वो कोई तकलीफ ना हो। इस बात से अंजान आर्य, अपनी साइकिल यानी जुबी, पे सवार कुछ विक्लण्ग बच्चो को सडक पार करा रही थी, कुछ बच्चो को गोद मे लेके तो कुछ को अपनी उगली का सहारा देगे, जब समय ज्यादा हो गया और सूर्य का सब्र का बान टूट गया, तो वो गुस्से में गाडी का दरवाजा खोल बहार निकल आया, और ये देख कर हैरान हो गया, कि धरती पर अब भी अच्छे लोग बचे है, उस वक़्त आर्य एक बच्चे को गोद मे लेके और दुसरे बच्चे को अपनी उगली का सहारा देके सडक को पार करवा रही थी। सूर्य को गुस्से में देख उसके रक्षक जब आर्य को आगे से हटाने के लिये आगे बढने लगे तो सुर्य ने उन्हे रोक दिया। और जब तक उसने सभी बच्चो को रस्ता पार नही करा लिया, सूर्य उसे ऐसे ही देखता रहा, ऐसा पहले कभी नहीं हुआ था कि सुर्य अपना काम छोड कर किसी और को ऐसे देख रहा हो, और इस चक्कर में वो ये भुल गया कि उसे किसी जरुरी काम से जाना था, आर्य के वहां से निकलने के बाद वो भी वहा से जल्द ही निकल गया। पर किसे पता था, कि आज ही उनकी दुसरी मुलाकात भी होनी लिखी थी, असल में सुर्य जिस काम के लिये आया था, वो काम यही था, कि उन बच्चो का अनाथ

आश्रम उनसे छिन लिया गया, जैसे ही सुर्य वहां आया, उसने देखा, वो लडकी जो रास्ते में उसे दिखी थी वो वहा लड़ रही है, और जब उसने सुना कि वो आश्रम उसने ही बनवाया हुआ है, तो वो रुक गया, और अपने सारे आदमियो को भी कुछ वक़्त रुकने को कहा, कोई भी सुर्य के कहे के आगे ना कुछ करता था, और ना ही कुछ बोलने की हिम्मत करता था, सुर्य बडे ध्यान से आर्य की बाते सुने लगा, जिसमे अगर वो एक बार वहां जाके ये कहे देता ये आश्रम इन बच्चो का ही होगा, तो वहा कोई हिम्म्मत ना करता उस बात के आगे कुछ कहने की, पर उसने सोचा अगर वो अपनी लडाई खुद लड़ना ही चाहती है, तो उसे लड़ने देता हूँ, असल में उसने आज तक ऐसा कोई इन्सान नही देखा था।

3

ये कहके आर्य सभी बच्चो को लेकर कार्यालय से बहार चली गयी, और साहुकार सोचने लगा की वो जीत गया पर वो होनी से अन्जान था, उसने जो गलत किया है, उसे उसकी सजा तो जरुर मिलेगी। अब उस साहुकार का क्या हो रहा होगा इसका अनुमान भी आर्य को ना था, सुर्य ने साहुकार को इतना तडपाया, कि वो अगली सुबह वो उन बच्चो को आर्य के घर लेने खुद गया, और आर्य हैरान थी ये सोच कर की साहुकार जो कल तक बच्चो को गलत कह रहा था, आज वो अचानक इतना बदल कैसे गया, पर जो भी हुआ, आर्य बहुत खुश थी, कि बच्चो को उनका हक़ मिल गया, और आर्य के घर से थोडी दूर पर सूर्य आर्य की खुशी देख रहा था। और पहली बार सूर्य को अपना पन क्या होता है समझ आया। पर उसे वहा से जल्दी ही निकल ना था, क्युकि सुर्य को प्यार करने वाले भले ही कम हो, पर उसे मारने वाले बहुत है। सूर्य कुछ ही पल में वहा से अपने लोगो के साथ निकल गया। और आर्य इस बात से अंजान की उसकी दुनिया में कोई ऐसा आ गया है, जो उसे वो जो है, उसके लिये उसे अपना बनाएगा। उसी रात आर्य अपनी किताब में कुछ लिख रही थी, माना दुख बहुत है, पर खुशियाँ ना भी हो फिर भी मैं खुश हूँ, क्युकि उनकी खुशी अब उनके पास है।। असल में आर्य और सुर्य दोनो ही बचपन से अकेले रहे है, तो उन्हे अकेले रहने का दर्द कैसा होता है, वो पता है, दोनो ही अपनी अपनी दुनिया में अकेले है, और दोनो को ही किसी की भी जरुरत नही मेहसूस होती। आर्य को उसके बचपन का कुछ याद नही, वो कहा हुई, उसके माँ बाप कौन हैं। वो बचपन से अकेले रही। और अब भी अकेले ही

रह रही है, जैसे सूर्य के अकेंले वक़्त में हथियार उसके साथी बने, वही आर्य की दोस्त बनी कलम। हर वो कम कर सकती है जिसमे कलम का इस्तेमाल होता हो, कह सकते है, लिखाई से लेके किसी को हुबहू बनाने तक वो हर चीज़ में निपुण थी। किसी का दर्द लिखना हो या किसी को पन्ने पर उतारना हो, वो हर काम कर सकती थीं। किसे मालुम था, कि दो ऐसे हमसफर जिनके रास्ते कभी एक नही हो सकते, किस्मत में उनका मिलना लिखा है, या हो सकता है, फिर से अकेले अकेले मुसाफिर बन चलना लिखा है।

4

जैसे जैसे वक़्त गुजरता गया। दोनो अपनी अपनी जिंदगी में दोबारा लग गये। पर अब भी कही ना कही सूर्य को आर्य दिन में एक बार याद तो जरुर आ ही जाती है, जब एक दिन वो कही जा रहा था, उसे आर्य दिखी। वो उसी दिन शिमला से आया था, सूर्य का काम ऐसा ही है, पलके जपकते ही कभी वो भारत, तो कभी नेपाल, तो कभी अमेरिका या यूरोप में होता है, सुर्य एक पुरा दिन एक देश मे रह नही सकता, और जब भी वो भारत आता, तो कही ना कही आर्य उसे टकरा ही जाती। और आर्य इस बात से अन्जान की उसका हमसफर उसके सफर में उससे बार बार टकरा रहा है, पर कुछ पल के लिये ही सही सुर्य के चेहरे पर एक मुस्कान दिख ही जाती, वैसे तो सुर्य का मैनेजर उसके साथ हर वक़्त रहता है, पर वो उससे कुछ ज्यादा कहता नही, पर आज सूर्य के चेहरे पे ये मुस्कान देख वो बोल पडा, भाई बोलो तो बात करू इन मोहोतरमा जी से, सूर्य ने मैनेजर की तरफ देख कर कहा ऐसा कुछ नही है, गाडी चलाओ चुप चाप। जैसे ही वो अमेरिका के लिये हवाईअड्डे पोछा, सुर्य ने कहा, उसकी सारी खबर मुझे दो, क्या करती है, कौन है, कैसी है, कहा कहा जाती है, जैसे ही सूर्य ने यह बात पूरी की, मैनेजर शुभ ने एक फ़ाईल सुर्य को देकर कहा, बस इसी पल के इन्तजार में था, मेने पहले ही सब कुछ पता कर वा लिया है। अब हवाईजहाज में बेठे बेठे वो आर्य के बारे में सब पढ रहा था, जिसमे ये लिखा था, कि वो बहुत ही मासूम है, किसी पर भी बहुत आराम से भरोसा भी कर लेती है, और आश्रम के बारे में भी सब कुछ लिखा हुआ था, जैसे जैसे वो आर्य के बारे में पढता गया, उसे हर पन्ने पर उसके बारे में अलग

अलग बाते पता चली, पढ़ते वक़्त उसे ये भी पता चला की वो लिखती भी काफी अच्छा है और उसी के साथ साथ वो कला में भी निपुण है, जैसे उसके हाथों में जादू हो, ऊपर वाले का दिया हुआ तोहफा हो। वो फ़ाईल पढते पढते कब वो भारत पोछ गया उसे खबर भी नही हुई।

5

तो उसने आर्य से बात करने की कोशिश की, पर वो हिम्मत नही जुटा पाया, वो पहली बार ऐसे किसी से बात कर रहा था, तभी एक लड़का आर्य के पास आया, और उसने आर्य से कहा, क्या तुम मेरी दोस्त बनोगी, आर्य ने जवाब में कहा, क्या तुम तुम्हारे दोस्त हो, वो लड़का हैरानी में पड़ गया, और सांकोच जनक होकर उत्तर दिया हा, हा मैं मेरा दोस्त हूँ सब होते है, आर्य ने कहा, मुझे दोस्त तुम्हे बनाना है, किसी और को नही, तुम बताओ तुम तुम्हारे दोस्त हो, लडके ने अब भी थोडा सोच के जवाब दिया, हा। आर्य ने कहा, तुम तुम्हारे दोस्त हो ये बात बताने मे तुम्हे मिनट लग गयी, फिर में इस बात को कैसे मान लू की तुम्हे मेरा दोस्त बन ना है, आर्य की इस बात को सुन कर सुर्य इतना बेफिक्र तो हो गया, कि आर्य को किसी की जरुरत नही, उसकी खुद की समसयाओ को हल करवाने के लिये उसे किसी की मदद की कोई भी इच्छा नही। तो सुर्य ने सोचा, मैं आर्य से अब ऐसे बात नही केरुगा, तभी सुर्य ने अपने दफ्तर जाके अपने मैनेजर को बुलाया, और कहा मुझे मेरा एक नकली खाता इंस्टाग्राम पे अभी बनवा के दो, और आर्य का खाता कौन सा है वो पता करवाओ। सुर्य ये जनता था की आर्य उसकी दुनिया का हिस्सा कभी नही बन सकती, और अगर वो कोशिश भी करे तो किस्मत उनका साथ कभी नही देगी, पर किस्मत में लिखा हुआ है, वो बिना जियें हम कैसे बता सकते है, सुर्य ये सोच ही रहा था, कि शुभ आ गया और जो भी सुर्य ने कहा था, सब बता के कमरे से बाहर आ गया, सुर्य ने एक पल भी इन्तजार नही किया और एक दम आर्य को आवेदन बेज दिया, वही

आर्य उस वक़्त तालाब के किनारे बेठ के कुछ लिख रही थी, वो लिख रही थी, कि उसकी जिंदगी को अपनी जिंदगी कौन बनाएगा, एक ऐसी लडकी जिसका कोई परिवार नही है, क्या उसे कोई अपनाएगा। वो लिख ही रही थी, कि उसका फ़ोन तृण तृण बोला, उसने देखा, की ने उसे आवेदन बेजा है, उसका मित्र बन ने के लिये, आर्य ने उस आवेदन को स्वीकार कर लिया, और दोबारा लिखने लगी, पर जैसे ही सुर्य को सूचना मिली की आर्य ने उसका आवेदन स्वीकार कर लिया है, उसका मैनेजर अचानक से उसके पास आके उसे बताता है कि उसके आदमियो को किसी ने बेहरहमी से पिट के तालाब के किनारे फेक दिया।

6

सुर्य गुस्से में शुभ के साथ तालाब के लिये निकल जाता है, आर्य उसी तालाब के पास बेठकर लिख रही होती है, और वो सब उसकी आँखो के सामने हुआ था, तो उसने सारे हादसे को अपने फोन मे केद कर लिया, ताकि वो उन सबके खिलाफ कुछ करवाई करवा सके। सुर्य ने अपने वहा पोछने से पहले ही अपने आदमियो को वहा बेज दिया। तभी सूर्य अपने आदमियो को बचाने मे कामयाब हो पाया, आर्य ने उन्हे पुलिस समझ कर बनाई हुई वीडियो उन्हे दे ही रही थी, कि वहा पे सूर्य आ गया, आर्य सुर्य को देख नही पायी, पर सुर्य ने आर्य को देख लिया था, सुर्य के आदमियो ने आर्य से वीडियो ले के उसे वहा से बेज दिया, आर्य को वहा से निकलते देख सुर्य वहा आया और जो भी हुआ वो सभी उसे बताने को कहा, जब सुर्य को पता चला कि आर्य इतनी हिम्मतवार है, तो उसे मन ही मन में बहुत खुशी हुई। पर वो यहा उन लोगो को सजा देने आया था, जिसने उसके आदमियो को हाथ लगाने की कोशिश की थी, और उस वीडियो को देख कर उन्हे उन सब लोगो का पता चल गया। सूर्य ने उन लोगो को ढूंढने को कहा। तभी अचानक सुर्य की नज़र वहा रखी एक किताब पे पडी, उसने वो किताब जैसे ही उठायी, उसने पढा आर्य। उसने वो किताब बन्द की और वहा से अपने आदमियो के साथ निकल गया, घर आके जब आर्य को अहसास हुआ कि उसकी किताब वही तालाब किनारे रह गयी, जैसे ही वो घर से निकली उसके फ़ोन पे एक संदेश आया, जो अन्जान अजनबी के नाम से था, कि तुम परेशान ना होना, तुम्हारी किताब मेरे पास सुरक्षित है। ये पढते ही आर्य को लगा,

मजाक कर रहा होगा, और अब तक सूर्य ने वो किताब आधे से ज्यादा पढ़ भी ली थी, पर आर्य इस बात से अन्जान रात को ही तालाब पोछ गयी। सुर्य ने आर्य की सुरक्षा के लिये उसके पीछे कुछ लोग छोड रखे थे, और आज जो आर्य ने किया उसके बाद ये और जरुरी हो गया था, सुर्य को जैसे ही पता चला की आर्य अब भी तालाब पे गयी है, उसने उसे दोबारा संदेश बेजा, मैं जूठ नही कह रहा था, तुम्हारी किताब सच में मेरे पास है, अगर यकिन नही होता, तो, क्या मेरी जिंदगी में भी कोई कभी इत्ना जरुरी होगा, जिसके लिये में अपनी जरुरते छोडने को तैयार हो जाऊगी, और क्या वो भी मेरे लिये ऐसा करेगा। और अगर।

7

ये वो आखिरी बात थी. जो आर्य ने अपनी किताब में लिखी थी, वो इस बात को पुर करती उसे पहले ही वहा लडाई हो गयी, और आर्य उन सबके चक्कर में अपनी किताब लेना ही भुल गयी, पर अब आर्य ये सोच रही थी, कि इस अन्जान अजनबी से वो अपनी किताब कैसे वपस लेगी, क्युकि अगर ये इन्सान मेरी किताब एक दिन से भी कम वक़्त में पूरी पढ सकता है, तो वो नही कर सकता, तभी अन्जान अजनबी यानी सुर्य का संदेश आता है, कि तुम चिन्ता मत करो तुम्हारी किताब मेरे पास सुरक्षित है, तुम घर जाओ, काफी रात हो गयी है, तुम्हारा इस वक़्त घर से बाहर होना सही नही है, और उस जगह होना जहा तुमने आज ही कुछ गलत लोगो को पकड वाया है, तो वहा तो बिल्कुल भी ठीक नही है, ये पढके आर्य वहा से जाने ही लगती है, कि उसे अचानक अहसास होता है कि इसे कैसे पता में बाहर हूँ। वो वहा से निकल तो जाती है, पर वो ये मैसेज सूर्य को बजती है, कि तुम मुझे जानते हो, जो मेरी परवाह कर रहे हो, तुम क्या मेरे कुछ लगते हो, जो मेरे लिये अपना समय बर्बाद कर रहे हो।। वहा सुर्य ये सोच सोच के बेचान था, कि किसी इन्सान में इतनी सारी खूबियाँ कैसे हो सकती है, कि उससे जब भी तुम मिलो तुम्हे हमेशा कुछ नया पता चले। खैर, अब वो आर्य के मेसेज का जवाब देता है, मैं कोई तुम्हारा अपना नही हूँ, और ना ही तुम मेरे लिये मेरे समय बर्बाद करने का जरिया, पर मैं जो हूँ, वो मैं बता नही सकता। इस बात पे आर्य जवाब देती है, मैं जानना भी नही चाहती ऐसे इन्सान के बारे मे कुछ भी जो किसी और के समान को बिना पुछे ले ले। मुझे तुम्हारे बारे

में कुछ नही जानना बस आप मुझे ये बतादे की आप मेरी किताब मुझे कब दे रहे है, सुर्य जवाब में कहता है, आर्य, तुम नाराज हो चलेगा, पर तुम्हारी किताब तो अब मेरे ही पास रहेगी। आर्य जवाब में कहती है, क्या तुम मुझे सच में जानते हो, सुर्य कहता है, मैं तुम्हे सच में नही जानता, पर तुम्हे समझना जरुर चाहता हूँ। ये बात सुन के आर्य को अजीब लगा, क्युकि आज से पहले उससे किसे ने ऐसे बात नही की थी, वो ना चाहते हुए भी बात कर रही थी, क्योंकि उसे उसकी किताब वापस चाईये थी, सुर्य किसी भी बात का जवाब देता, या कोई सवाल करता, आर्य का हर बात पे एक ही सवाल होता, तुम मुझे मेरी किताब कब दे रहे हो, असल में वो किताब आर्य की सबसे पहली किताब है, जो उसके बचपन से उसके पास थी, और उसके बचपन से लेके आज तक जब भी उसे किसी अपने की जरुरत का अहसास हुआ है तो उसने इस किताब को ही अपना समझ के सब कुछ बताया है।

8

सुर्य को ये बात पता चल गयी थी।
तो उसने आर्य को ज्यादा परेशान नही किया। और अगली सुबह जैसे ही आर्य अपने कॉलेज के लिये घर से निकली, तो सुर्य उसके घर आके उसकी किताब रख के चला गया, और कुछ माइक्रो फ़ोन भी लगवा के गया, और किताब के अंदर एक चिठी भी छोड के गया। अब आर्य जब शाम में घर आती है, और अपनी किताब बिस्तर पर रखी देखती है, तो उसकी खुशी के ठिकाने नही रहते, और इस चक्कर में वो ये सोचना भी भुल जाती है, कि कोई मेरे घर में मेरी गेर मौजूदगी में आया था, वो बस खुश थी की उसे उसकी किताब मिल गयी, वो जैसे ही अपनी किताब खोलके देखती है, उसमे से एक चिठी निकल कर फर्श पर गिर जाती है, आर्य उस चिठी को पढती है, जिसमे ये लिखा हुआ होता है, तुम बहुत अच्छी हो, कभी भी किसी के लिये खुद को मत बदलना। तुम्हारा अन्जान अजनबी।। वो जब ये पढती है, तो उसके चेहरे पर एक हसी होती है, कि कोई अजनबी ऐसे कैसे ये बात कह सकता है, जिसमे वो मुझे जनता ही कितना है, वो सूर्य को मैसेज करती है, सुक्रिया, पर तुम बिना किसी को जाने उसे अच्छा या बुरा कैसे बता सकते हो, जिसमे तुम उस इन्सान से अभी तक मिले भी नही हो। सुर्य जो की अपनी एक जरुरी मीटिंग में था, उसका फ़ोन तृण तृण होता है, और वो मीटिंग को होल्ड ऑन कह्के मैसेज देखने लगता है, मीटिंग में बेठे सभी लोग हैरान हो गये, कि ऐसा तो कभी नही हुआ, और सुर्य इन बातो से बेखबर आर्य का मैसेज पढने लगता है, जिसका जवाब वो कुछ ऐसे शब्दो में देता है, जिसे

पढ आर्य भी सोचने पर मजबूर हो जाती है, वो कहता है कि मुलाकातें तुम्हारी तरफ से नही हुई, मैं तो तुमसे काफी बार मिला हूँ, और जानती तुम नही हो मुझे में तो तुम्हे समझता भी हूँ। आर्य मजबूर हो जाती है ये सोचने पर कि ये जो खुद को मेरा दोस्त बता रहा है, आखिर में इसे कब मिली। आर्य एक दो के नाम बोलती है, कि तुम सिद्दम हो, या शायद देव, पर सुर्य जवाब में कहता है, मैं तुम्हे जनता हूँ, तुम मुझे नही। तो ज्यादा परेशान ना हो तुम। और काफी रात हो गयी है, तुम्हे सोना चाईये, आर्य अब भी इसी सोच में की ये कौन है, जो मेरे परवाह कर रहा है। आर्य जवाब देती है, ठीक है, तुम भी अपना ख्याल रखना, और वक़्त पर सो जाना। कहके आर्य फ़ोन बन्द कर करके अपनी किताब में कुछ लिखने लगती है, वो एक छोटी सी कविता लिखती है, जिसका नाम भी वो अजनबी ही रखती है, होती तोवो कविता बस एक ही पन्ने की है पर उसमे जो कुछ भी लिखा होता है, अगर उसे कोई भी पढे तो उसका दिवाना हो जाए।

9

"उससे बात हुए महज दो ही दिन हुए है, वो भी अभी पूरे नहीं हुए है।
वो कहता तो है, कि वो अजनबी है, पर क्यूँ मुझे वो कुछ ही पलो में अपना सा लगने लगा है।
उसकी परवाह करने का तरीका क्यूँ सबसे अलग लगा है।
क्यूँ आखिर उसका होना दिल को खुश करने लगा है।
क्यूँ आखिर उसका होना मेरे पलो को खुशनुमा करने लगा है।
जानती हूँ मैं, कि नही जानती मैं उसे, फिर भी क्यूँ उसका होना मुझे हर जगह होना मेहसूस होने लगा है,
आखिर कौन है वो, जो मुझे कुछ ही पलो में अपना सा लगने लगा है।
पर क्या ये हक़िकत है, या किस्मत का फिर से कोई मजाक।
आखिर कौन है वो, जो मुझे जानता ही नही, समझता भी है, और मैं अन्जान हूँ उस करीबी अन्जान अजनबी से।
पर क्या सच में वो मेरी हक़िकत है, या बस एक झूठा खवाब।।
अन्जान अजनबी"

ये लिखते लिखते आर्य सो गयी, और सूर्य इस इन्तजार में की आर्य की अवाज के लिये वो माइक लगवाये थे, अभी तक तो आर्य ने कुछ बोला ही नही। इसी बात को सोचते सोचते वो सो जाता है। अगली सुबह आर्य अपने कॉलेज और सूर्य को नेपाल कुछ काम आ जाता है। पर वो आर्य की सारी सुरक्षा का इन्तजाम करवा के जाता है।

उसे वहा केवल आर्य की अवाज ही सुन सकती थी, पर वो कुछ बोले तब

तो सुर्य उसकी अवाज सुने। तो अब बस उसके पास इंस्टाग्राम ही रह गया था जहा वो आर्य से बात कर सकता था। और वो भी ज्यादा नही हो पाती, क्युकि आर्य अपना फ़ोन बहुत कम इस्तेमाल करती है, और अब वो जो थोडा फ़ोन चलाने भी लगी है वो भी बस अन्जान अजनबी के लिये। दो दिन गुजर जाते है, सूर्य की फ्लाइट होती है, तो उस दोरान वो अपना फ़ोन चला नही पाते, तभी आर्य पे वो लोग हमला कर देते है जिनकी वीडियो आर्य ने बनाई थी। पर जैसे ही सुर्य के लोग आर्य को बचाने के लिये आगे बढते है, वो देख ते है, कि आर्य ने तो पल भर में ही उन सबको धुल में मिला दिया, और सभी लोग वहा से भाग जाते है। और आर्य भी अपने घर आ जाती है। जब सूर्य को पता चलता है कि आर्य पे हमला हुआ है, वो गुस्से में आ जाता है, और पूछने लगता है, कि तुमने कुछ किया क्यू नही फिर, उनमे से एक आदमी बोलता है, हम क्या बचायेंगे उसे, वही हमे बचा ले, सूर्य ने पुछा क्या मतलब, तभी उस आदमी ने सुर्य को वीडियो दिखाई, जिसे डेक सुर्य हैरान रह गया। अब सुर्य बेफिर्क था, पर अब उसे ये अहसास हो गया था, कि उसके दुशमनो को आर्य के बारे में पता चल गया है, सुर्य ने आर्य की सुरक्षा और पक्की कर वा दी। और जैसे ही उसने फ़ोन खोला उसने आर्य का मैसेज देख कर एक पल के लिये सुकून भरी साँस ली। और देखा, मैसेज में लिखा था, मुझे अपनी सर्तो पे जिना पसंद है, और अगर में खुद को बदलुंगी तो सिर्फ उसके लिये जिसे मेरे लिये बदलने में कोई परेशानी ना हो, असल में सुर्य ने ये सवाल फ्लाइट में बेठने से पहले किया था, अगर तुम्हे कोई बदलने के लिये बोलेगा तो तुम क्या करोगी।

10

जवाब को पढके सूर्य ने कहा, सुनो तुम तुम्हारे घर पे कुछ बोलती नही हो क्या, इतनी शन्ति होती है हमेशा। आर्य ने कहा, मुझे खुद से बात करना पसंद है, जो मन ही मन में भी हो जाती है, तो बोलने की कोई जरूरत ही मेहसूस नही होती, बचपन से ऐसे ही रहती आई हूँ। पर तुम ये अचानक क्यूँ पुछ रहे हो, और तुम्हे कैसे पता यहा शन्ति बहुत रहती है। सुर्य ने कहा, कुछ बोलके देखो, में तुम्हे जवाब मैसेज पे दूँगा, आर्य ने कहा, तुम्हारा नाम क्या है? सुर्य ने मैसेज किया, मेरा नाम जानकर क्या करोगी, तुम्हारे लिये मुझे अजनबी ही रहना होगा। आर्य ने कहा, अच्छा तुम मुझे सुन भी सकते हो, तो अभी तक क्यू नही बताया था, सुर्य ने कहा, मुझे लगा तुम खुद से कभी तो कुछ बोलोगी पर कहा। सूर्य काफी खुश दिखाई दे रहा था, और ये खुशी उसके चेहरे पर देखी जा सकती थी, दोनो ने काफी रात तक बातें की, और बीच में ही दोनो सो गये। अगली सुबह आर्य कॉलेज चली गयी, और सुर्य दिल्ली के लिये निकल गया, और दोनो अपने अपने काम में जुट गये। पर दोनो को कही ना कही ये पता था, कि अगर किसी को कोई भी जरुरत पड़ेगी तो वो बता देगा। दिन गुजरते गये, दोनो ही देर रात तक घर आते पर एक दुसरे से बात किये बिना नही सोते थे, अब दोनो ही इस बात से अन्जान की अगले दिन उनकी जिंदगी बदलने वाली थी, अगले दिन जब आर्य कॉलेज जाने के लिये निकली, तो उसके घर के बाहर वही लोग खडे हुए थे जो आर्य को उस दिन मिले थे, पर आर्य को कोई भी अन्दाजा नही था, कि आज उनके पास बंदूक थी, जैसे ही आर्य आगे बडी, उन लोगो ने छः की छः गोलियां

आर्य के पर कर दी, गोलियों की अवाज सुनते ही सुर्य के आदमी वहा आये, उन्हे देख कर वो लोग भाग तो गये, पर आर्य को गोलियां लग चुकी थी, पर सुर्य के आदमियो ने वक़्त जाया ना करते हुए आर्य को अस्पताल ले कर गये, और सुर्य को बताया, सूर्य जो कभी नही डरता था, जो डर को भी डराने की तक्कत रखता था, आज डर ने पहली बार उसे दराया था, और वो डर था आर्य को खोने का डर। वो बिना देरी करे अस्पताल आ गया, और डॉक्टर से कहने लगा, जो कुछ भी करना हो, जितना भी मेहगा हो, आर्य को कुछ नही होना चाईये, सुर्य के सारे आदमी, ये देख कर हैरान थे, कि ये वही सूर्य है ना, जिसे हम जानते है, पूरी रात इलाज चलता रहा, सुर्य वही रहा, और उसके आदमी भी वही है, डॉक्टर अब इलाज करके बाहर आये, उन्हे देखते ही सूर्य उनकी तरफ दौडा और पुछा कैसी है वो, ठीक तो है ना, कुछ हुआ तो नही ना उसे, डॉक्टर ने कहा, अभी तो सुरक्षित है, पर कब तक ये हम नही कह सकते, उन्होने छः की छः गोलियाँ आर्य को मार दी, हमने तो उम्मीद तभी छोड दी थी जब ये सुना था, पर आपके लिये हमने कोशिश की, पर हम पूरे कामयाब नही हो पाए, सारी गोलिया आर्य को इस तरह लगी है,की उसके शरीर के आधे हिस्से बेकर हो गये है, और वो अब कभी लिख भी नही पाएगी,और ना कभी चल पायेगी, सारी गोलियाँ तो निकल गयी, पर एक गोली दिमाग में अभी भी रह गयी है, जिसकी वजह से वो शायद अपना कल भुल भी जाए, और आने वाले कल में शायद वैसी भी ना रहे जैसी वो अब थी, और दिमाग में जो गोली है उसका इलाज हम कर सकते है पर, तभी सूर्य ने कहा, पर क्या डॉक्टर, वो ठीक तो हो जाएगी ना? डॉक्टर ने कहा, जब इनके परिवार से कोई इनकी जान का उत्तरदायित्व ले, अगर इलाज के दोरान इन्हे कुछ हो जाता है, तो हम इसके लिये जिम्मेदार नही होगे, डॉक्टर आप कुछ भी करिये बस वो ठीक हो जानी चाहिए।

दस्तखत कहा करने है सुर्य ने पुछा, डॉक्टर ने कहा, आप कौन लगते है इनके, एक लौता अपना, सूर्य ने जवाब दिया, "हैरानी की बात है, जिन लोगो को मिले अभी एक महीना भी पुरा नही हुआ, वो एक दुसरे ले लिये अपनी जिंदगी भी क़ुर्बान करने के लिये तैयार थे।" तीन घन्टे लगातार इलाज चलता रहा, और जब डॉक्टर बाहर आये, तो सूर्य ने उनसे पुछा

सब ठीक है ना, पर शायद किस्मत कहलो, या उनकी एक दुसरे के लिये परवाह, आर्य पूरी तरह तो नही, पर इतनी जरुर ठीक हो गयी, कि अब वो कतरे से बाहर थी, ये सुनके सूर्य को साँस में साँस आयी, पर वो अन्जान था कि आर्य अब किस दर्द से गुजरेगी। सूर्य ने डॉक्टर से पुछा, क्या मैं अब आर्य से मिल सकता हूँ।

डॉक्टर ने कहा, आप मिल तो नही सकते, पर दूर से उन्हे जरुर देख सकते है, पहली बार ऐसा कुछ देखने को मिला था, दुनिया के बहताज़ बादशाह को किसी के लिये रोता हुआ पाया गया था, ये बात अखबारो में हवा की तरह पहल गयी, जिससे आर्य की जान और ज्यादा खतरे में आ गयी, सुर्य ने जब आर्य को देखा, तो वो बर्दाश्त नही कर पाया, कि उसकी एक लौती दोस्त की ये हालत उसकी जगह से है, आज आर्य को हॉस्पिटल में पाँच दिन हो चुके थे, और उस दिन से सुर्य ने भी कुछ नही खाया था, वह जैसे ही आर्य को देखकर बाहर आया उसने अपने आदमियों को कहा मुझे उन सब इंसान का पता चाहिए जो आर्य की इस हालत के जिम्मेदार है सूर्य के आदमियों ने इस बात का पता पहले ही लगवा लिया था और उन सब आदमियों को अपनी गिरफ्त में ले लिया था सूर्य ने कहा मुझे उन आदमियों के पास अभी ले चलो सूर्य जैसे ही अस्पताल से निकला अस्पताल पर सूर्य के कुछ दुश्मनों ने दोबारा हमला कर दिया पर जैसे सूर्य अपनी कार में बैठने लगा उसे एहसास हुआ कि वह आर्य को अकेला नहीं छोड़ सकता तो वह अपने साथ आर्य को भी लेकर निकल गया था और उसके इलाज करने वाले सारे डॉक्टर और सारी जरूरी चीजों को उसने अपने घर पर पहले ही रखवा लिया था पर सूर्य के दुश्मन इस बात से अनजान अस्पताल पर हमला कर चुके थे अस्पताल में केवल कुछ मरीज और बच्चे थे उनके आलवा कुछ डॉक्टर, पर सूर्य के आदमी बड़ी तादाद में वहां पर थे उन्होंने उन लोगों को बेरहमी से मारा जिन्होंने अस्पताल पर हमला किया था और दूसरी तरफ सूर्य उन लोगों को भी मौत के घाट उतार चुका था जिन लोगों ने आर्य पर गोली चलाई थी आर्य अब सुरक्षित है सूर्य के घर पर वह एक बड़े कमरे में अपनी सभी जरूरत की चीजों के साथ वहा पर लेटी हुई थी उसी दिन, रात को करीबन 10:00 बजे के करीब आर्य को होश आया जिस वक्त उसे होश आया सूर्य उसका

हाथ पकड़ कर उसी के करीब बैठा हुआ था और सोच रहा था।

अब वह आर्य को किसी भी तरीके के खतरे में नहीं आने देगा। जितना हो सकता हो उसके करीब रहने की कोशिश भी करेगा। आर्य अब केवल बोल और बैठ सकती थी इसके अलावा ना तो वो देख ना ही कुछ लिख और ना ही चल सकती थी उसका पूरा शरीर कांप रहा था उसके पास कोई तो बैठा है जैसे ही आर्य अपने सीधे हाथ से उस पर हमला करने लगी उसे एहसास हुआ कि अब वो अपना सीधा हाथ भी नहीं उठा पा रही है। असल में उन गोलियों में से एक गोली आर्य की हथेली पर भी लगी थी जिसकी वजह से उसका सीधा हाथ अब कभी भी कुछ काम नहीं कर पाएगा। वह मन ही मन में सोचने लगी कि मेरे पास जो है वह कौन है कैसा दिखता है और यह मेरे पास क्या कर रहा है और मैं कहां हूं। अनजान अजनबी की आवाज आर्य को सुनाई पड़ती है माना आर्य अब लिख नहीं सकती, ना ही वो अब किसी का चित्र बना सकती है पर वो इतनी काबिल है की मन ही मन में किसी की भी परछाई उतार सकती है अनजान अजनबी जैसे ही कुछ बोला ये तो वही है, अन्जान अजनबी, हा, तुम चिंता ना करो मैं तुम्हारे पास ही हूं मैं यही हूं तब तक जब तक तुम ठीक नहीं हो जाते और उसके बाद भी मैं तुम्हारे पास ही रहूंगा यह सुनकर आर्य को अपने सुरक्षा की चिंता नहीं रहती और वो बहुत ज्यादा महफूज महसूस करती है वो सूर्य से पूछती है कि मैं तुम्हें किस नाम से बुलाऊं असल में सूर्य अभी भी आर्य को अपनी असलियत बताने से डर रहा था और उसने बात टालते हुए कहा कि मैं अभी भी तुम्हारा अनजान अजनबी ही हूँ। तुम मुझे उसी नाम से बुलाओ अनजान अजनबी। बात करते-करते 12 बज जाते हैं काफी रात हो जाती है तो सूर्य कहता है अब तुम आराम करो यही तुम्हारे लिए सही रहेगा तो तुम जल्द से जल्द ठीक हो जाओगी। मैं यही हूं तुम बेफिक्र होकर सो सकती हो तुम्हे चिंता करने की कोई जरूरत नहीं है तुम्हारी सारी जरूरत अब मेरी जरूरते है अब आर्य सोने की कोशिश करती है पर उसके शरीर में दर्द हो रहा होता है कि वह अब अगर सांस भी ले रही है तो उसके सारे शरीर में दर्द होता है सूर्य को मालूम था क्योंकि दर्द का एहसास उसे नहीं है पर वह समझ सकता था कि 6 गोलिया खाकर बचना भी बच्चों का खेल नहीं है सुर्य ने एक तरकीब लगाई उसने

आर्य से कहा अब तुम एक काम करो तुम मुझे अपने बारे में कुछ बताओ और उसी से मिलता जुलता मैं तुम्हें अपने बारे में कुछ बताऊंगा।

11

वो दोनो बात करने लगे। आर्य ने कहा कि मुझे चित्र बनाना बहुत पसंद है और मैं किसी की भी आवाज सुनकर उसका चित्र बना सकती हूं या शायद थी, सूर्य हंस पड़ा असल में तो सूर्य आर्य के दुखी होने से पहले बात बदल देना चहता था, और कहने लगा यह तो मुझे पहले से मालूम है तभी तो मैं तुम्हें मैसेज पर जवाब दिया करता था मुझे पता था अगर तुम मेरी आवाज सुन लोगी तो तुम मेरा चित्र बनाकर मुझे देख भी लोगी आर्य ने पूछा तुम्हें कैसे मालूम था मैं तो तुमसे आज से पहले कभी नहीं मिली बताओ तुम मेरे बारे में बात ये कैसे जानते हो, ये तो मेरे बारे में कोई भी नहीं जानता, अनजान अजनबी ने कहा मैं तो तुम्हारे बारे में वो भी जानता हूं जो तुम खुद नहीं जानती यह सुनकर आर्य भी हंस पड़ी और ऐसे ही बातें चलती रही और कुछ ही समय बाद आर्य की आंख लग गई। आर्य के सोने के बाद, सूर्य वही लेट गया और आर्य को देखने लगा और सोचने लगा कि वो ऐसा क्या करें जिससे आर्य अपना दर्द भी भूल जाए और उसके साथ जो ये हुआ है उसे ऐसा भी ना लगे उसे अपना सब कुछ खो दिया है क्योंकि अब आर्य ना लिख सकती थी ना चल सकती थी और देख भी कुछ अर्से बाद ही सकती थी क्योंकि उसकी आंखों पर लगी पटिया उसे कुछ देखने भी नहीं दे रही थी असल में जो उसके सर पर गोली लगी थी वह उसके माथे को चीर कर गई थी जिसकी वजह से उसके माथे पर जो पट्टी हुई उससे उसकी आंखें भी ढक चुकी थी। सूर्य यह सोच रहा था कि आर्य इतनी भी कमजोर नही की एक बार गिरके उठ नही सकती है और ये बात उसमे अभी भी देखी जा सकती है, क्युकि उसके

साथ जो हुआ उसने अभी तक उस बात का जिक्र भी नही किया था, जो उसके साथ हुआ, और ना ही किसी को उस बात के लिये दोषी ठहराया। असल में आर्य बहुत ज्यादा समझदार बहुत हिम्मत वाली लड़की थी जो एक बार गिरने से हार नहीं मानती थी पर फिर भी कोई छोटी बात नहीं थी की उसने अपने शरीर के वो हिस्से खो दिये थे जो उसे तोहफे में मिली थे। आर्य शायरियां करती थी वह कविताएं लिखती थी वह कविताएं और शायरियां तो ज़ुबानी बोल कर भी अपने मोबाइल में डाल सकती थी पर सूर्य अब ये सोच रहा था कि वो उसका चित्र बनाने का हुनर, उसे कैसे वापस ला पाएगा, वो सोच ही रहा था कि उसके दिमाग में ख्याल आया कि अगर वह अब सीधे हाथ से नहीं बना पा रही है तो वह अपने दूसरे हाथ का इस्तेमाल करके तस्वीरें बनाना शुरू कर सकती है।
वह भी सोचते सोचते सो गया।

12

अगली सुबह जब उठा तो आर्य अभी सो ही रही थी और उसके आंखों पर पड़ी धूप की किरने उसे परेशान कर रही थी तो सूर्य जल्दी उठा और सूरज की किरणों और आर्य के बीच आकर खड़ा हो गया कुछ देर बाद जब आर्य की आंखें खुली तो उसने अपने पास अनजान अजनबी को न देखकर वो परेशान हो गयी, आर्य को ऐसा करते देख सूर्य उसके पास पहुंचकर आर्य का हाथ पकड़ के उसके पास बेठ गया। और बडी खुबसूरत शब्दो में कहा, मुझे कभी खो पाओगी ऐसा खयाल लाना भी तुम्हारे लिये गलत है, क्युकि में हमेशा यही रहुगा और अगर तुम्हे लगता है कि तुम मुझे कभी छोड के जा सकोगी, तो वो भुल ही जाओ, क्युकि ऐसा भी मेने कभी होने नही देना। आर्य ये सुन के हस पडी, सूर्य ने उसकी मुस्कुरुहत देखकर उसे राम राम जी कहने लगा।

आर्य को राम राम जी का जवाब दिए काफी वक्त हो गया था वह कभी अपने बचपन में ही सबको राम राम कहा करती थी आज उसने जब यह सूर्य से सुना तो थोड़ी मायूस हो गई और सूर्य से कहा ठीक है सूर्य कुछ पल के लिए सोच में पड़ गया उसी दौरान सूर्य के कुछ आदमी आए और उसे कहने लगे भाई बहुत जरूरी काम है आप जरा हमारे साथ आ जाइए सूर्य जाना नहीं चाहता था फिर भी उसे जाना पड़ा क्योंकि आर्य ने उसे कहा था कि मेरे लिए तुम अपने काम को नहीं छोड़ोगे अगर मैं जरूरी हूं तो काम जरूरत है सूर्य को जाना पड़ा पर उसने आर्य की सुरक्षा के लिए सब इंतजाम कर दिए थे उसके पास कहीं नौकर और उसकी जरूरत का सारा सामान उसके पास रखवा दिया था सूर्य परेशान तो था कि वह आर्य

को अकेला छोड़कर जाए या ना जाए फिर भी वह जाने से पहले आर्य के कमरे में माइक से लेकर कैमरे जैसी सारी चीजें लगवा कर गया और हर पल आर्य की बातें और आर्य को देख रहा था सूर्या अपना बार काम कर ही रहा था कि उसे एक जरूरी काम के लिए कैमरा बंद करना पड़ा उस दौरान आर्य यह सोच ही रही थी कि अब हो इन सबसे आगे कैसे बढ़े उसने वही खड़ी एक नौकरानी से पूछा कि तुम मुझे एक कागज पेन और कुछ रंग दे सकती हो क्या और बस उन रंगों का रंग भी बता सकती हो क्या नोकरानी पहले तो सोचने लगी कि सूर्य भाई ने इन्हें कुछ भी करने से मना किया है पर अगर उसने इनकी बात नहीं मानी तो भी सूर्य भाई नाराज हो जाएंगे वह यह सोचते सोचते सामान ले आई और आगे को सारे रंग बता कर वहीं खड़ी हो गई वहां से जाना नहीं चाहती थी पर आर्य के बहुत कहने के बाद वह कमरे के बाहर जाकर खड़ी हो गई और सूर्य को फोन करने लगी पर सूर्य ने उसका फोन नहीं उठाया क्योंकि सूर्य के पास उसका फोन फिलहाल नहीं था वह एक मीटिंग में होने के कारण फोन बाहर छोड़ कर आ गया था वही अंदर आर्य अपने बाएं हाथ से कुछ बनाने की कोशिश कर रही थी पर वह बना नहीं पा रही थी बहुत कोशिशों के बावजूद जब उससे पेंसिल नहीं चली तो उसने सोचा कि अब वह सीधा रंग ही करेगी उसने अपने हाथ में रंग लगाया और दिमाग में कुछ सोचने लगी मानो किसी की तस्वीर यह कह सकते हैं उसका अंजाम अजनबी वह बनाते बनाते काफी वक्त हो गया था अब सूर्य का भी घर आने का वक्त हो आया था सूर्य जैसे ही मीटिंग से बाहर आया उसने अपना फोन देखा तो उसने एकदम परेशान होकर फोन किया और कहा आर्य ठीक है ना नौकरानी ने जवाब दिया वह बिल्कुल ठीक है बस उन्होंने कुछ सामान मांगा था मुझे आपको बताना था मैंने इसीलिए आपको फोन किया था पर यह बातें मुझे आपको 4 घंटे पहले बतानी थी सूर्य ने देरी ना करते हुए घर की ओर चला और उसी दौरान अच्छा कि कैसा सामान चाहिए था आज या को उसने बताया उन्हें रंग पेंसिल और कागज चाहिए था।।

13

यह चीज है उन्हें कोई नुकसान नहीं पहुंचा सकती इसीलिए मैंने भी उन्हें देख लिया सूर्य मन ही मन में बहुत खुश हुआ और घर आने की जल्दी में वह बिना किसी को कुछ बताएं अकेला ही आ गया और उसके बाद मुझे ऐसे ही आ रहा था उस पर किसी ने हमला कर दिया पर खुदा की रहमत यह लो या उसकी शिद्दत वह बहुत बड़े हमले के बाद भी बच गया वह जैसे ही घर आया उसे काफी चोटें लग चुकी थी पर उसने सबसे पहले आया कि कमरे में जाकर उसकी तस्वीर जोश ने फिलहाल बनाई थी उसे देखने के लिए उसके कमरे में चला गया और सब को शांत होने के लिए कहा कि मैं ठीक हूं मुझे कुछ नहीं हुआ ऐसा करके वह जैसे ही आया कि कमरे की और बढ़ाओ आर्य को उसका आना महसूस हो गया वह अपने बेड से जैसे ही उठी उसे महसूस हुआ कि वह चल भी नहीं सकती इस बात में उसे थोड़ा मायूस किया पर पर अनजान अजनबी के लिए उसने को मायूस चेहरा छुपा कर एक मुस्कुराहट अपने चेहरे पर ले आई और जैसे ही उसने दरवाजा खोला आर्य ने कहा मुझे पता है तुम आ गए सूर्य ने कहा तुम्हें कैसे पता मैं आ गया आज या नहीं उसकी आवाज में एक दर्द बड़ा और उसे महसूस हुआ किसी तकलीफ में है यह समझते ही आर्य ने कहा तुम ठीक हो ना तुम्हें कुछ हुआ तो नहीं मुझे पास आ जरा जो तुम्हें देखना है समझ गया था कि उसे महसूस हो गया है कि मैं ठीक नहीं हूं पर उसने सारे को परेशान मैं होने को कहा मैं ठीक हूं तुम चिंता मत करो सूर्य ने कहा बस तुम्हारे पास आ रहा था तो आते आते बस दरवाजे से टकरा गया आर्य ने कहा झूठ तो मत बोलो खैर इतना तो मुझे समझ

आता है कि तुम्हें छोड़ थोड़ी ज्यादा लगी है तुम पहले उनसे पटिया करा लो फिर मेरे पास तुम्हें दिखाने के लिए कुछ है पर वह मैं तभी दिखाऊंगी जब तुम अपनी चोटों पर मरहम लगवा कराओ सूर्य ने कहा ऐसे थोड़ी होता है प्लीज बताओ ना क्या है प्लीज बता ना मुझे क्या बनाया था ना आज यह नहीं कहा तुम्हें मालूम है मैंने क्या बनाया मतलब मैंने कुछ बनाया है आर्या यह तो समझ ही गई थी सूर्य न्यूज़ की सुरक्षा के लिए उस पर नजर आई हुई थी अभी तक किसी को भी नहीं दिखाई उसे बीच में हुए कहा हां किसी ने नहीं देखी तुम्हारी तुम सबसे पहले दिखाओगे वही वह तस्वीर देखेगा ज्यादा मत सोचो अभी आता हूं सूर्या अपनों पर महान कराने के लिए चला गया और और यह सोचने लगी क्या सच में रिश्ते ऐसे भी होते हैं जिनके लिए तुम खुद को भुला दो क्या ऐसे रिश्ते खुदा भी बना कर भेजता है।

14

थोड़ा समय गुजरने के बाद सूर्य बिल्कुल भी देरी ना करते हुए आजा के पास आकर बैठा और कहा इन फटी कर आया हूं मुझे देखा तुमने क्या बनाया है आर्य ने कहा दिखाती हूं रुको उसने अपने तकिए के नीचे से एक कागज निकाला उसी को दिखाया और पूछा क्या तुम ऐसे दिखते हो सूर्य में जैसी तस्वीर देखी तुमसे ऐसा लगा जैसे कि वह खुद को आईने में देख रहा है आर्य हू सूर्य की परछाई उस कागज पर उतारी हुई थी पर आर्य नहीं दे सकती थी नही सूर्य का असली नाम जानती थी उसे कोई परेशानी नहीं थी खुश थी किसी की असलियत नहीं पर उसकी हकीकत में यह बात अच्छे से जानती थी यह होते-होते रात हो गई उन दोनों का रात का खाना कमरे में हिला दिया गया आज अपने आप खाना नहीं खा सकती थी इसीलिए सूर्य उसे खाना खिला रहा था आर्य कुछ कहना चाहती थी पर वह खुद समझ नहीं पा रही थी किसी की जिंदगी है बचपन से अकेले गुजरी है अगर उसे कभी बुखार भी हो जाता था तो उसके पास उसे दवाई देने के लिए भी कोई अपना नहीं होता था और आज उसकी परवाह करने के लिए कोई अपना सारा काम छोड़ कर उसके पास बैठा हुआ था वह खुश थी पर वह समझना नहीं चाहती थी कि उसकी जिंदगी है क्योंकि उसने अपनी जिंदगी आज तक अपनी शर्तों पर जी है अपनी शर्तों पर वह अपने हर काम करती है सूर्य ने उसे कहा ज्यादा सोचो मत जिंदगी अभी भी तुम्हारी है बस तुम जान अब मेरी हो आर्य सुनकर हथकड़ी पर सूर्य ने कहा तुम परेशान मत हो तुम एक बार ठीक हो जाओ तब भी और अब भी जिंदगी तुम्हारी शर्तों पर तुम्हारी चलेगी और ना केवल यह किए

जिंदगी सिर्फ तुम्हारी तुम्हारी शर्तों पर चलेगी पर अब मेरी जिंदगी भी तुम अपने हिसाब से चला सकती हो आर्य ने कहा नाम तो मैं तुम्हारा जानते नहीं तुम बात करते हो तुम्हारी जिंदगी अपनी शर्तों पर चलाने की और और कहते हो कि मैं जान तुम्हारी हूं ऐसे थोड़ी होता है सूर्य ने कहा चलो ठीक है मान लिया तुम मेरा नाम नहीं जानते तुम मेरी पहचान नहीं जानती तुम मुझे नहीं जानती फिर तुम मुझे समझती हो चाहिए काफी नहीं आर्य ने कहा मैंने कभी किसी से अपनी बात नहीं की पर तुम मेरे बिना कहे मेरी बातें समझ रहे हो देख कर अच्छा लग रहा है कि मेरी भी परवाह करने के लिए कोई है कुछ वक्त के बाद दोनों बातें करते करते वही लेट गए बातों ही बातों में आर्य ने कहा मेरा तो परिवार नहीं है तुम बताओ तुम्हारे परिवार के बारे में कुछ आर्य ने कहा इस बात पर सूर्य ने जवाब दिया हमारा परिवार नहीं है क्योंकि हम एक दूसरे के परिवार है।

15

मुझे नहीं पता तुमने कब से अकेला रहना शुरू किया पर मैंने अपने मां बाप को आज तक भी नहीं देखा मुझे वह जब आया उस वक्त में एक कूड़े के डिब्बे में लेटा हुआ था वहीं से भेजने वहीं से मेरी जिंदगी शुरू हुई वह डब्बा मैंने अपना घर बना रखा था हर शाम मैं वहीं पर जाकर सो जाता किसी रोज तो मेरे मां-बाप आएंगे मुझे लेने और तुम देख रही हो यह घर यह घर उसी डब्बे कि जगह पर है आर्य ने कहा तो इसका यह मतलब है कि तुम तुम्हारे मां-बाप को बताना चाहते हो कि तुम अभी भी उनका इंतजार कर रहे हो और हो सकता है सुबह ने कहा हम कुछ और बात करें यह फिर कभी कर लेंगे आर्य ने कहा चलो घूमने चलते हैं एक दूसरे के हाथ में हाथ डाल के सुनी सड़को पे नंगे पांव चलते हैं सूर्य ने कहा ठीक है चलो सूर्य उठा आर्य को अपनी बाहों में लेकर बाहर बगीचे में चला गया और अपनी चप्पल निकाल दो नंगे पांव चलने लगा आज मैंने कहा हाथ में हाथ डालकर दोनों को साथ चलना था मुझे लगा तो मजाक बनाओगे पर तुम तो मुझे गोद में उठा ले आए सूर्य ने कहा हाथों में हाथों मारे हैं हमारी रूह भी एक है हमारी जिंदगी भी एक है और तुम जान भी मेरी हो तो मैं चलूंगा तुम बात तो एक ही हुई बहुत ज्यादा ठंड थी अरुणा को लाए थे ना कोई कंबल सूर्य ने अपने मैसेज किया यहां पर ठंडा लगे देखते देखते वहां मशाल जल गई और खूबसूरत सा कमरा तैयार कर दिया गया जहां से आसमान बिल्कुल सर पर था यहां ठंड थी मानव से मुलाकात थी नज़ारा बहुत खूबसूरत था।। उसी से ही समझ चुका था की आवाज गया यह सोचने वाली है कि वह यह सब देख भी नहीं सकते तो उसने आगे

सोचने से पहले ही उसे यह बात कह दी कि मैं देख रहा हूं वह काफी है फिर कभी तुम मेरी आंखें बन जाना तो बदला भी उतर जाएगा तो मैं बताता हूं यहां पर क्या-क्या है आज या नहीं सूर्य का हाथ पकड़ा और कहा अब तुम देखो महसूस कर लूंगी तुम साथ हो यह बात है अब कोई शिकायत नहीं है मैं हमेशा से ही सोचती थी कि मेरा अपना कोई चीज नहीं है मेरे से कोई परवाह क्यों नहीं करता पर अब मैं खुश हूं अगर मेरी कोई परवाह पहले कर लेता तुम मुझे तुमसे इतना प्यार कभी मिलता ही ना मुझे महसूस ही ना होता किसी की परवाह करना इतना खूबसूरत हो सकता है तो तुम चिंता ना करो सूर्य ने कहा एक दिन तुम ठीक हो जाओ मैं तुमसे लेने वाला हूं और तुम ही लेट है आसमान की ओर देखने लगे मां से चांद तो नहीं दिख रहा था पर तारों की चमक इतनी हो रही थी उसकी हंसी दोनों के चेहरे पर देखी जा सकती थी उन्हें देखकर कोई भी कह सकता था कि अब उनकी जिंदगी उनकी जिंदगी मिल गई है और वह पूरे हैं कहते हैं ना प्यार तो हर किसी की जिंदगी में होता है बस वक्त वक्त की बात होती है कि वह वक्त तुम्हारा है या फिर किसी और का और अब वक्त भी उनका इस कदर साथ दे रहा था मानो वक्त तुम दोनों का हो और वहीं ठहर गया हो पर वह अगली सुबह से अनजान थे।

16

वह दोनों साथ थे पुराने वाले खतरे से अनजान थे वह हजरा कोई दूसरा नहीं था वह खतरा उनका खुद का साथ रहने का था वह दूसरे के पास है यही खतरा था अगली सुबह जब वह दोनों उठे तू एक अजीब सी उम्मीद की किरण दोनों के चेहरे पर थी मानव सूरज की रोशनी थी उनके चेहरे की मुस्कुराहट पर बताई नहीं सकता था बस दोनों खुश थे की अगली पल जो हो वह हो सर वह इस पल साथ हैं वह इस बात से खुश थे उन्हें कुछ नहीं चाहिए था वह दोनों एक दूसरे के लिए काफी थे उसने यह भी सोच कर रखा था कि वह अपने सारे काम छोड़ रहा है अब वह अपनी जिंदगी एक आधा एक आम आदमी की तरह आर्य के साथ गुजारने वाला है पर जो काम सूर्य करता था उससे आ तो इंसान मर कर निकल सकता था यह तो वह उसी काम को करते करते मर सकता था कुछ दूसरा रास्ता उसे वहां से बाहर नहीं निकाल सकता था क्योंकि हर गली में हर चौराहे पर जहां वह जाएगा जिससे वह मिलेगा हर उस इंसान की जान को खतरा था सूर्य अंजान नहीं था पर अब वह आजा की जान को खतरे में नहीं डाल सकता था और ना ही वह बारिया के बिना रहना चाहता था जिंदगी में पहली बार उसे प्यार क्या होता है यह पता चला था उसे परवाह करना क्या होता है कोई तुमसे घर आकर पूछे कि तुम कैसे हो तुमने कुछ खाया यह सवालों के मायने पता चल चुके थे पर वह भी जानता था कि वह जो काम करता है वह से आसानी से निकल नहीं पाएगा उसने सोचा आज तक देखा और ना ही काफी लोग मुझे जानते हैं कि मैं कैसा दिखता हूं तुम्हें शक्ल ही सुना बनवा लो पर वही भूल गया था कि आज

है कि दिमाग में बनी परछाई वह उसकी यही शक्ल थी आज उन दोनों को अस्पताल जाना था आर्य की आंखों का इलाज होना था आज यह को अस्पताल में छोड़कर और सारा अस्पताल अपनी निगरानी में कर कर सूर्य अपना काम के लिए चला गया सूर्य वहां पर मौजूद नहीं था तो उसे नहीं मालूम था कि वहां क्या हुआ असल में आर्य देख सकती थी और आर्य के पैर भी उसका साथ दे रहे थे उसका शरीर पहले से कहीं ज्यादा सुधार कर चुका था मनु को चमत्कार हो रहा हो मानो उसका शरीर को चाह रहा है वह कि वह कुछ करें वह दोबारा उसकी जिंदगी जिए पर यह बात शुक्रिया को मालूम नहीं थी सूर्य जैसे ही अस्पताल आया तो आर्य ने डॉक्टर को उसके आने से पहले ही मना कर दिया था क्यों उसे कुछ ना बताएं डॉक्टर ने उसे कहा सूर्या आज से पहले काफी बार अस्पताल आया है काफी लोगों का स्नेह इलाज करवाया है और काफी लोगों की वह परवाह करता है और तुम्हारे लिए उसकी आंखों में परवा से अलग भी कुछ है मैंने उसे देखा है यह अस्पताल उसी ने बनवाया हुआ है और इसी के जैसे कई सारे स्कूल अस्पताल और कई सारी चीज है जैसे कि लोगों को काम दिलवा ना वह सब बहुत बखूबी करता है पर तुम तो जानती होंगी वह क्या करता है आर्य ने कहा जी मैं जानती हूं पर यह वह नहीं जानता कि मैं जानती हूं कि वह क्या करता है जब तक वह खुद मुझे यह सब नहीं बता देता मैं नहीं चाहती कि मुझे पता लगने दूं कि मैं जानती हूं।

17

जिसकी पहचान क्या है मैं भी बचपन से अकेले रही हूं और वह भी बचपन से अकेला रहा है बस हम दोनों में फर्क यह है कि मैंने पेंसिल को अपना दोस्त बनाया है उसने बंदूक को बस इतना सा फर्क है लोगों को अपनी पेंसिल से कागज पर उतार लेती हूं बंदूक से लोगों की जान बचा लेता है दोनों के दिल एक ही हैं बस दो शरीर में है डॉक्टर ने कहा खुश रहो और उसे कभी दुखी मत होने देना बहुत प्यार करता है वह तुमसे पंजा साल से देख रहा हूं मैं उसे जब से उसने ही अस्पताल बनवाया है दिन में एक दो बार तो आ ही जाता है आर्य ने कहा उसी की खुशी में मेरी खुशी है डॉक्टर ने कहा आ गया वह तुम लेट जाओ आर्य लेट गई और सूर्य जैसे ही कमरे में आया यहां पर उसने हाथ पकड़ लिया और डॉक्टर से पूछने लगा सब कुछ ठीक है ना डॉक्टर डॉक्टर ने थोड़ा सा घुमा फिरा करता है ठीक है पर सूर्य परेशान हो गया और क्या नहीं लगा पर डॉक्टर ने कहा चिंता की तो कोई बात नहीं है पर अभी वक्त लगेगा घाव कह रहा है पढ़ने में समय तो लगेगा सूर्य ने कहा उस समय हमारा ही होगा आलिया ठीक हो जाएगी ना डॉक्टर डॉक्टर ने कहा हां जरूर कहकर डॉक्टर वहां से चला गया और सूर्य भी अब आर्य को लेकर अस्पताल से अपनी गाड़ी की ओर आने लगा आते हुए आज मैंने कहा सुनो सूर्य सूर्य सूर्य यह सुनकर सूर्य ने कहा तुम्हें मेरा नाम पता चल गया यह तो गलत बात है आलिया ने कहा अब तुम तुम मुझे मेरे नाम से नहीं बुलाते हो तो मै भी जो तुम्हें तुम्हारे नाम से ना बोला हूं वह तो डॉक्टर ने बातों ही बातों में कह दिया था कि सूर्या आता ही होगा तुम मुझे समझ आ गया जिंदगी वही निरहुआ किरण हो तुम

मेरी जिंदगी में आते ही मेरे चेहरे पर मुस्कुराहट ले आई सूर्य ने कहा चलो ठीक है ठीक है गाड़ी में बैठो नहीं हम घूमने चलेंगे हां चलेंगे बहुत सुनाओ वहां पर मुझे लगता है मुझे एहसास होता है उस समुंदर के पास मेरा कोई तो अपना है आज अपने को मैं अपने आपसे मिलवाने जा रही हैं चलोगे ना चलेंगे क्या पूछ रहे चलो सूर्य में आजा को गोद में लिया उसी कुर्सी पर ले जाकर बैठ कर बैठा दिया जहां पर उसने अपनी डायरी छोड़ी थी और कहने लगा यहीं से मैंने तुम्हारी डायरी ली थी पर तुम मुझे एक बात बताओ डायरी का लोग जिंदगी क्यों था कुछ भी रख सकते थे आर्य ने जवाब दिया मेरी जिंदगी ने जब इस डायरी को लिया तो बस उसने अपना नाम ही डाला और वह खुल जाए इसलिए उसका जिंदगी लॉक था बात यह है मुझे कुछ नहीं चाहिए कोई अपना चाहिए था इस वीरान से जिंदगी में कोई अपना ध्यान रखने के लिए चाहिए था जिस पर मैं ध्यान रख सकूं ऐसा कोई इंसान चाहिए था वक्त क्या कर सकते हो अब तो तुम ही सारी मुझे परवाह करनी पड़ती है मैं तो तुम्हें देख भी नहीं सकती थोड़ी मायूस से होकर आ जाने का सूर्य ने जवाब दिया ठीक है ना तुम अभी प्यार ले लो सुमित वापस कर देना जब वक्त आएगा तुम्हें भी मुझे ऐसे ही प्यार करना होगा आर्य ने कहा बिल्कुल इंतजार रहेगा सभी तुम्हारी परवाह करके दिखा सकता हूं।।

18

तुम्हारे लिए खाना बना सकूं सूर्य ने कहा उसके लिए तो काफी लोग हैं तुम बस मेरे साथ रहना सड़कों पर नंगे पांव मेरे साथ चलना आइए नहीं सूर्या का हाथ पकड़ लिया और उसे अपने नजदीक बैठा लिया और उसके कंधे पर सर रखकर उससे कह नहीं लगी सच में यह प्यार है तो वाकई में बहुत खूबसूरत है खुशनसीब हूं जो तुम मेरे पास हो मुझे तुम खुद से कब मिल पाओगे तुम मेरे बारे में तो सब कुछ जानते हो फिर अपने बारे में मुझे कब बताओगे कब बताओगे मुझे भी तुम्हारे बारे में जानना है जो तुम्हारे बारे में क्या सोचते हैं वह मैं भी सुनना चाहती हूं मुझे भी तुम्हारी जिंदगी का हिस्सा बनना है बताओ ना कब बताओगे तुम्हारा नाम तो मुझे दूसरों से पता चला पर मैं चाहती हूं तुमसे हो मुझे तुमसे पता चले सूर्य ने कहा मेरी हकीकत शायद हमारी ख्वाब को तोड़ दे आलिया हंसकर जवाब दिया हम जो हैं वह कोई खराब नहीं है वह हमारी हकीकत है और इतनी खूबसूरत है घर पर कोई बुरा ख्वाब भी भारी नहीं पड़ सकता और कोई हकीकत अगर दूरी है तो वह हमारी नहीं है तुम क्या होगा तुम कौन हो तुम्हारी बातों से मैं समझ सकती हूं पर चाय बना सकती हो पर मुझे तुमसे सुनना है मुझे तुमसे जानना है जो तुम से डरते हैं महसूस हुआ है बहुत वक्त हो गया चलो अब यहां से चलो चलो सर्दी भी हो रही है वह उसे गोद में लेकर अपनी गाड़ी में बिठा कर ले घर की तरफ चल दिया आर्य समझ गई सूर्य भी उसे कुछ बताना नहीं चाहता सूर्य को समझा नहीं की भूत की असली हकीकत में भी उसके साथ होना चाहती है मैं शांत रह कर जल्दी वह जल्दी दोनों घर पहुंच गए आजा के कमरे में चले गए वहां पर

जाकर सूर्य ने कहा तुम आराम करो मैं अभी आता हूं हमारे लिए खाना लगवा लेता हूं रात भी हो गई है मैंने कहा मुझे तुम्हें परेशान नहीं करना था पर तुम्हारी हकीकत में मैं तुम्हारे साथ हूं तुम्हें बताना था सूर्य ने कहा मेरी हकीकत बहुत काली है तुम सांस भी नहीं ले पाओगी मेरे साथ खड़ा होना तो फिर बहुत दूर की बात है तुम बताओ ना क्या है तुम्हारी हकीकत क्या पता वो हमें और पास ले आए मुझे बताओ ना मैं जानना चाहती हूं सूर्य ने कहा ठीक है बाद में बताता हूं आर्य खुश हो गई ठीक है इंतजार रहेगा। वो खाना खा रहे थे। तभी सूर्य के पास एक कॉल आती है और वह डाइनिंग टेबल से उठ कर चला जाता है आर्य उसका इंतजार करते-करते अपना खाना भी छोड़ देती है और अपने कमरे में चली जाती है आर्य इंतजार कर रही होती है और उसकी आंख लग जाती है सूर्य देर सवेर आता है और आर्य को सोता देख उसके पास जाकर बैठ जाता है और कहता है हमारा सफर यही तक था पर मुझे जाना होगा और हो सके तो मुझे माफ कर देना वो कह रहा होता है कि आर्य की आंख खुल जाती है और सूर्य को अपने पास बैठा देव वो उसे गले लगा लेती है और कहती हैं आगे से बता कर जाना नहीं तो मुझे अपने साथ लेकर जाना सुर्य की आंखों में पानी आ जाता है और वो कुछ कह नहीं पाता वह अपने आंसुओं को रोक कर आर्य को कहता है तुम सो जाओ मैं भी लेट जाता हूं सूर्य उठकर अपने कमरे की तरफ चला जाता है पर आर्य भी लेट जाती है सूर्या अपने कमरे में जाकर एक कागज पर कुछ लिख रहा होता है।

19

आर्य उसका कमरा खटखठाती है और कहती है मुझे नींद नहीं आ रही मैं तुम्हारे कमरे में आ जाऊं क्या, सूर्य कहता है ठीक है आ जाओ वह अंदर आती है उसी दौरान सूर्य जिस कागज पर लिख रहा होता है वह उसे छिपा देता है और दोनों बैठकर बातें करने लगते हैं आर्य बहुत ही खुशी के साथ बोलती है मुझे बहुत खुशी हुई कि तुम मुझे तुम्हारी हकीकत बताओगे तुम चिंता मत करना जब तुम मुझे तुम्हारे झूठ के साथ कुबूल हो तो तुम्हारे सच के साथ में तुम्हें नहीं छोड़ूगी और वैसे भी अब तो तुम्हारे होने से मेरा वजूद है अब तुम्हारा सच कैसा भी हो मुझे मंजूर है तुम जब चाहे मुझे बता सकते हो मैं सुनने के लिए हमेशा तैयार हूं सूर्य यह सुनकर सोचता है कि वो उसे तभी सब कुछ बता दे पर रुक जाता है टेबल पर रखे उस कागज को देखने लगता है और सोचता है जो मैं करने जा रहा हूं वो ठीक है क्या? तब आर्य बोलती है तुम मुझसे वादा करो मुझे नहीं पता कि तुम्हारी सच्चाई क्या है और हो सकता है हां थोड़ी कड़वी हो पर तुम मुझे बिना बताए छोड़कर कभी नहीं जाओगे और अगर छोड़ने की वजह मुझसे बड़ी हो गई, जो भी मेरे बगैर कहीं नहीं जाओगे मैं नहीं जानते ना ही मुझे जानना है पर तुमने जो कुछ छुपाया है ना मैंने देख लिया है तो उसमें जो भी लिख रहे हो ना वह मुझे बता दो नहीं तो मैं खुद वो लेटर अभी उठा कर पढ़ लूंगी सूर्य सोचता है और कहता है सुनो ठीक है मै बता रहा हूं मैं क्या हूं तुमने कभी नाम सुना होगा कि अंडरवर्ल्ड बैकग्राउंड डोन आतंकवादी फरेबी डकैत उसे दुनिया डरती है वो मैं ही हूँ, सूर्या।। सूर्य जिसके पीछे सारी पुलिस पड़ी हुई है मैं नहीं जानता मैंने कहा गलत

किया या किस गलत इंसान को छोड़ा, किस इंसान को धोखा दिया है पर जो भी है वह मेरे सामने आ रहा है और मेरी वजह से तुम्हारी जान पर बनाएंगे कल मैं जाकर अपने आपको उन लोगों के हवाले कर दूंगा, फिर वो तुम्हे कुछ नही करगे उन्होने वादा किया है कि तुमहे वो जाने देंगे और मैंने तुम्हारा ब्राजील का टिकट भी करा दिया है अब तुम अपनी जिंदगी अपने हिसाब से वहां पर जीना एक नई पहचान के साथ, एक नए इंसान के साथ जिंदगी खुशी-खुशी वहां पर बिताना,आर्य, सूर्य को कहती है मैं अपनी जिंदगी वहा जाकर बताने के लिए तैयार हूं पर तुम्हारे बिना जाना मुझे मंजूर नहीं अगर मेरी जान बचाने के लिए तुम यह सब कर रहे हो तो तुम्हारे जाने के बाद वो मुझे छोड़ देंगे इस बात का क्या सुबूत है, और तुम वो कम करते हो, फिर कैसे खुद को उनके हवाले करके मुझे अकेला छोड़ सकते हो सूर्या कहता है।

20

हमारे यहां पर जुबान की जान से ज्यादा कीमत है और मैं नहीं चाहता कि वह तुमको रोज-रोज हमला करें और हो सकता है किसी रोज में तुम्हारे साथ ना हौऊ, तुम्हारे साथ मरना भी पड़े तो भी मंजूर है क्योंकि जिंदगी तो वैसे भी जी नहीं रही थी में तुम्हारे आने के बाद मैंने मुस्कुराना सीखा है आर्य ने कहा, कैसे जिएंगी तुम्हारे बिना। कहते हैं अपने अगर ताकत होते हैं तो वही कमजोरी की वजह बनते हैं और मुझे सिर्फ ताकत ही रहने दो ना तुम्हारी कमजोरी मत बनाओ ना अगर चलना ही है तो हम दोनों साथ में चलेंगे मुझे नहीं जाना है तुम्हारे बिना। पर तुम अगर यही चाहते हो तो ठीक है मैं तुम्हारे बिना जी तो आज भी नहीं आ सकती, तुम ना आते, हा तो जाना होता तो मैं भी बेशक चली जाती, मैं खुद भी रह रही हो तो शायद मैं तुम्हारे बिना रह ना मुझसे नहीं होगा तुम मेरे लिए मेरी हर खुशी से बढ़कर हो और मेरे चेहरे पर आई हंसी के पीछे की वजह तुम्हारे बिना जिंदगी एक दिन बिताने के लिए मैं तैयार नहीं फिर तुम तो पूरी जिंदगी बिताने के लिए कह रहे हो तुम मुझे उनका फोन नंबर दो मैं उनसे बात करती हूँ। सूर्य हस पड़ता है और कहता है तुम आराम करो मे कल सुबह तक बताता हु। मैं कुछ करता हूं और अगर कुछ ना हुआ तो हम दोनों साथ में चलेंगे। सूर्य जवाब देता है ठीक है देखता हूं मैं आर्य कहती है हो सकता है नहीं साथ में ही जाएंगे साथ में, अगर मरेंगे साथ में तो हो सकता है कि अगले जन्म में साथ में ही रहे सूर्य कहता है अब सो जाओ काफी वक्त हो गया है कल सुबह बात करते हैं आर्य को कमरे में छोड़कर सूर्य अपनी गाड़ी की चाबी उठाकर निकल जाता है आर्य मन ही

मन बेचैन रहती है तो वह भी दूसरी गाड़ी में सूर्य के पीछे चली जाती है वहां पर सूर्य अकेला ही सब से लड़ रहा होता है उसी दौरान आर्य गाड़ी से निकलकर कहती है तुम लोगों को अगर दुश्मनी निभानी है तो अच्छे से तो निभाओ अकेले इंसान पर तुम हमला कर रहे हो इंसानियत नहीं कह रही पर कम से कम अपने गुंडागर्दी का फर्ज तो निभाओ वह लोग आर्य पर जैसे ही चढ़ने को आते हैं सूर्य गुस्से में आकर उनमे से एक पर गोली चला देता है आर्य सहम जाती है और लड़ाई के दौरान वो आर्य को पकड़ लेते हैं वह कहते हैं तो ये है, वो तुम्हारी जिंदगी जिसके लिए तुम अपनी जिंदगी खतम कर रहे हो।

21

कहते है, किस्मत भी तुम्हारा साथ तब नहीं देती जब तुम्हें तुम्हारी किस्मत तुम खुद लिख रहे हो और सूर्य तो अपनी किस्मत बदल रहा था, लोगों से नफरत को छोड़ पहली दफा प्यार को अपनाने के लिए आगे बढ़ा था बस यही गलती थी उस रात के बाद उसकी जिंदगी के साथ उसका प्यार भी हवाओ में रह गया। उन लोगों ने दो अजनबियों को अजनबी बनाकर ही विदा कर दिया कहते हैं प्यार की कोई भी कहानी अधूरी नहीं रहती पर उन दो की कहानी कहां शुरू हुई और पल में खत्म हो गई समझ ही नहीं आया वो लोग साथ में लम्हे बिता रहे थे और कब उनकी जिंदगी खत्म हो गई पता ही नहीं चला कहने को वो साथ में रह सकते थे अगर रात में वो फ्लाइट ले लेते शायद वो बच जाते हैं पर ऐसी जिंदगी से तो दोनों साथ में मर गई यही बेहतर था मुझे यह तो नहीं पता कि अपनी कहानी पूरी करने को दोबारा आएंगे या नहीं पर पर हां वो कहानी अधूरी रही है वो दिलों में पूरी जरूर हो गई और रही बात उनके ना मिलने की तो वो मिल तो उस रोज ही गए थे जब उन्होंने एक दूसरे को अपना कहा था हैप्पी एंडिंग तो नहीं पर कहानी दो अजनबियो की अजनबी बनकर ही खत्म हो गई।।

"उम्मीद में"

मानो भागती हुई जिंदगी में जीतना जैसे जुनून बन गया है, नहीं।
पर मैं हार जाती हूं,
मैं हार जाती हूं, जब लोगों की कानाफूसी के डर से आगे नहीं बढ़ पाती।
मैं तब भी हार जाती हूं जब अपनी ही बातों के तले अपने ही जज्बातों को दबा हुआ पाती हूं।
दूसरों के दिल में झांकते-झांकते अपने ही दिल में झांकना भूल जाती हूं।
और मैं तब भी हार जाती हूं,
जब मैं बार-बार लिखने के बाद भी अपने दिल की बात उस दिल तक पहुंचा नहीं पाती हूं।
गम में मुस्कुराकर,
गम छुपाने में कामयाब हो जाती हूं।
पर मैं फिर भी हार जाती हूं,
जिंदगी की मुश्किले है हमें तोड़ने के लिए आती है,
पर मैं हार जाती हूं जब बार-बार उस मुश्किल से मैं टुट नहीं पाती।
लोग बदलाव कर इजाम लगा कर, खुद बदल जाते हैं।
पर बदलाव तो प्रकृति का नियम है।
मैं तब भी हार जाती हूं, जब रिश्ता टूटने का सारा इल्जाम मैं उस बदलाव पर लगाती हूं।
मैं तब भी हार जाती हूँ,
जब किसी और का प्यार पाने की उम्मीद में,
मैं मिले प्यार को ठुकरा जाती हूं।
और हार की सीमा तो तब पार हो जाती है,
जब सारी बात लिखने के बावजूद भी दिल को सुकून नहीं दिला पाती हूँ।
और मैं जीतने के बाद भी हार जाती हूं।
जब अपनी हकीकत बताने के बाद भी मैं बस एक कहानीकार कहलाती हूं।।
आर्ची आडवाणी सैनी

www.ingramcontent.com/pod-product-compliance
Lightning Source LLC
LaVergne TN
LVHW041716060526
838201LV00043B/758
9798885692328